그리운 날 시 쓰기

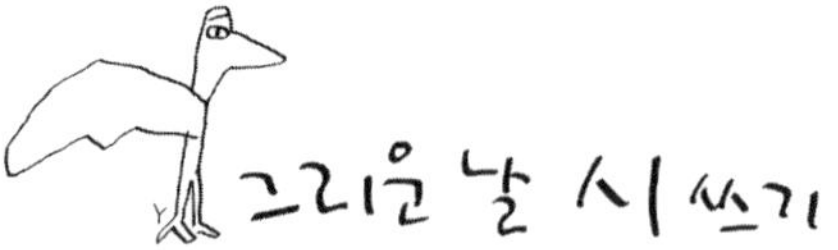

초판 1쇄 인쇄 2017년 2월 10일
초판 1쇄 발행 2017년 2월 15일

지은이 Y문영
펴낸이 박연
펴낸곳 한결미디어

글씨 · 그림 Y문영
디자인 남상원

등록일자 2006년 7월 24일
등록번호 제313-2006-000152호
주소 서울시 마포구 모래내로 83 한올빌딩 6층
전화 02-704-3331
팩스 02-704-3330

ISBN 979-11-5916-037-0
979-11-5916-036-3(set) 03810

· 잘못 만들어진 책은 구입처나 본사에서 교환해 드립니다.
· 책값은 뒤표지에 있습니다.

어른이 되어서도 문구점에서 좋은 필기구를 보면 여전히 가슴 설레는 이가 적지 않을 것이다. 어린 시절 선생님의 맵시 있는 글씨, 친구 글씨를 흉내내면서 자기 글씨체를 만들려고 무진 애를 썼던 기억도 새로울 것이다.

조지훈 시인은 "글보다 더 인격을 반영하는 것이 글씨"라고 했다. 글씨엔 쓴 사람의 혼과 체온이 배어 있다. 자아(自我)의 성품이 담겨 있다. 프랑스 작가 볼테르는 글씨를 '목소리의 그림'이라 했다. 무엇보다 글씨를 바르게 가다듬으면 마음도 절로 바르게 된다. Y글꼴이 이끄는 『그리운 날 시 쓰기』로 매력 있는 글씨체를 만들어 보자. 시는 분명 외롭고 괴로울 때일수록 사람을 붙잡아 주는 그 무엇이다.

어느 시인은 "시가 없는 세상은 어머니가 없는 세상과 같다."고 했다.

Y문영

감성 포스 Y글꼴의 매력

그리운 날 시 쓰기

Y문영 글씨 · 그림

한겨레미디어

진달래꽃

〈김 소월〉

나 보기가 역겨워
가실 때에는
말없이 고이 보내드리우리다

영변에 약산
진달래꽃
아름 따다 가실 길에 뿌리우리다

가시는 걸음 걸음
놓인 그 꽃을
사뿐히 즈려 밟고 가시옵소서

나 보기가 역겨워
가실 때에는
죽어도 아니 눈물 흘리우리다

섬집 아기

<한인현>

엄마가 섬그늘에 굴 따러 가면
아기가 혼자 남아 집을 보다가
바다가 불러주는 자장 노래에
팔 베고 스르르 잠이 듭니다.

아기는 잠을 곤히 자고 있지만
갈매기 울음소리 맘이 설레어
다 못 찬 굴바구니 머리에 이고
엄마는 모랫길을 달려옵니다.

서시(序詩)

<윤 동주>

죽는 날까지 하늘을 우러러
한 점 부끄럼이 없기를,
잎새에 이는 바람에도
나는 괴로워했다.
별을 노래하는 마음으로
모든 죽어가는 것을 사랑해야지
그리고 나한테 주어진 길을
걸어가야겠다.

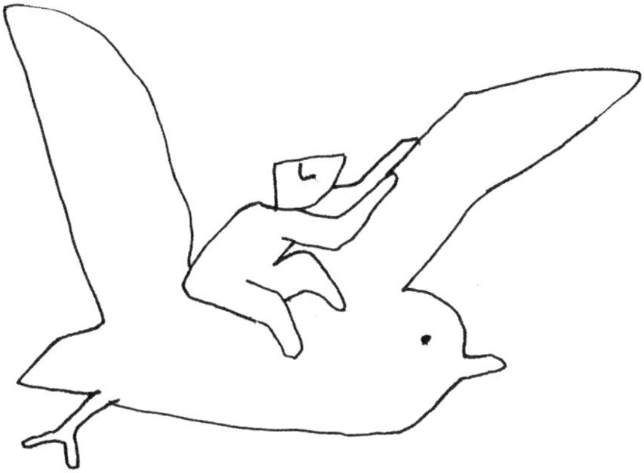

초원의 빛

<윌리엄 워즈워스>

한때 그렇게도 찬란한 빛이었건만
이제는 눈앞에서 사라져 가는
초원의 빛이여, 꽃의 영광이여
다시는 찾을 길 없을지라도
우리는 서러워하지 않고, 오히려
뒤에 남은 것에서 힘을 얻으리라.
존재의 영원함을
비로소 처음 공감하며
인간의 고뇌를
사색으로 달래어서
죽음을 꿰뚫어 보는 그 믿음 속에서
현명한 마음으로 세월을 버티리라.

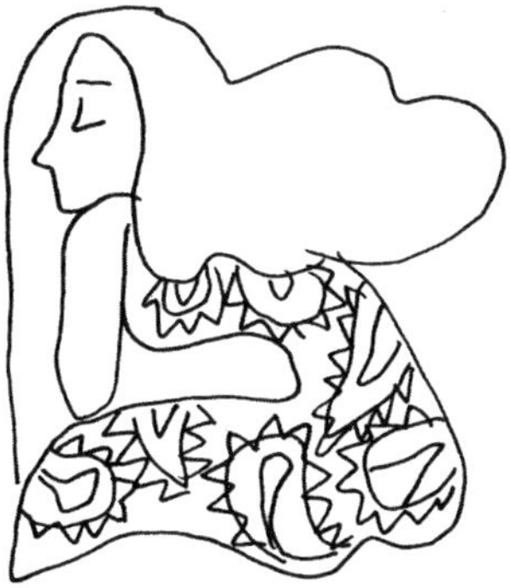

향수

<정 지 용>

넓은 벌 동쪽 끝으로
옛이야기 지줄대는
실개천이 휘돌아 나가고,
얼룩백이 황소가
해설피 금빛 게으른
울음을 우는 곳,
— 그곳이 차마 꿈엔들 잊힐 리야.
질화로에 재가 식어지면
뷔인 밭에 밤바람 소리
말을 달리고,
엷은 졸음에 겨운 늙으신 아버지가
짚베개를 돋아 고이시는 곳,
— 그곳이 차마 꿈엔들 잊힐 리야.
흙에서 자란 내 마음
파아란 하늘 빛이 그리워
함부로 쏜 화살을 찾으려
풀섶 이슬에 함추름 휘적시던 곳.
— 그곳이 차마 꿈엔들 잊힐 리야.

전설바다에 춤추는 밤물결 같은
검은 귀밑머리 날리는 어린 누이와
아무렇지도 않고 예쁠 것도 없는
사철 발벗은 아내가
따가운 햇살을 등에 지고
이삭 줍던 곳,
—그곳이 차마 꿈엔들 잊힐 리야.
하늘에는 성근 별
알 수도 없는 모래성으로
발을 옮기고,
서리 까마귀 우지짖고
지나가는 초라한 지붕,
흐릿한 불빛에 돌아앉아
도란도란거리는 곳,
—그곳이 차마 꿈엔들 잊힐 리야.

삶이 그대를 속일지라도

< 알렉산드르 푸시킨 >

삶이 그대를 속일지라도,
슬퍼하거나 노하지 말라!
우울한 날들을 견디며 믿으라,
기쁨의 날이 오리니.
마음은 미래에 사는 것,
현재는 슬픈 것.
모든 것은 순간적인 것, 지나가는 것이니,
그리고 지나가는 것은 훗날 소중하게 되리니.

전라도 가시내

〈이용악〉

알룩조개에 입맞추며 자랐나
눈이 바다처럼 푸를뿐더러 까무스레한 네 얼굴
가시내야
나는 발을 얼구며
무쇠다리를 건너온 함경도 사내

바람소리도 호개도 인젠 무섭지 않다만
어두운 등불 밑 안개처럼 자욱한 시름을 달게
마시련다만
어디서 흉참한 기별이 뛰어들 것만 같애
두터운 벽도 이웃도 못 미더운 북간도 술막
(……)

차알삭 부서지는 파도소리에 취한 듯
때로 싸늘한 웃음이 소리 없이 새기는 본조개
가시내야
울 듯 울 듯 울지 않는 건라도 가시내야
두어 마디 너의 사투리로 때아닌 봄을 불러 줄게
손때 수줍은 분홍 댕기 휘 휘 날리며
잠깐 너의 나라로 돌아가거라
(박불)

흰구름

<헤르만 헤세>

잊어버린 아름다운 노래
고요한 가락처럼
다시금 푸른 하늘 떠도는
저 흰구름 보아라!

기나긴 방랑의 길 위
온갖 슬픔과 기쁨
맛본 나그네 아니고서야
저 구름의 마음 알 수 없으리

태양과 바다와 바람 더불어
나 떠도는 저 구름 사랑하느니
그것은 고향 잃은
누나이고 천사이기 때문....

님의 침묵

<한 용 운>

님은 갔습니다. 아아 사랑하는 나의 님은 갔습니다.
푸른 산빛을 깨치고 단풍나무 숲을 향하여 난 작은 길을
걸어서 차마 떨치고 갔습니다.
황금의 꽃같이 굳고 빛나던 옛 맹세는 차디찬 티끌이
되어서 한숨의 미풍에 날아갔습니다.
날카로운 첫 키스의 추억은 나의 운명의 지침을 돌려
놓고 뒷걸음쳐서 사라졌습니다.

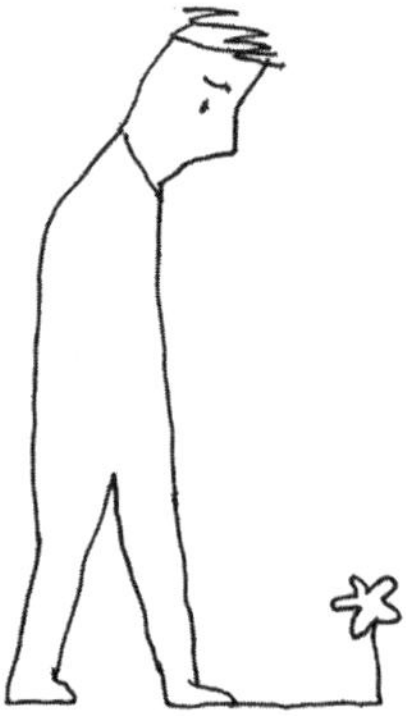

가객의 영혼 - 김광석을 기리며

<최 동 호>

음유 시인의 노래는 진달래 산천을 떠돌고
인기를 좇는 소리꾼은 바람을 몰아 사라지고
음유 시인의 노래는 진달래 산천을 떠돌고
세상을 버린 가객은 불멸의 노래를 사랑한다.

과수원길

<박 화목>

동구 밖 과수원길
아카시아꽃이 활짝 폈네.

하이얀꽃 이파리
눈송이처럼 날리네.

향긋한 꽃냄새가
실바람 타고 솔솔

둘이서 말이 없네
얼굴 마주보며 생긋

아카시아꽃 하얗게 핀
먼 옛날의 과수원 길.

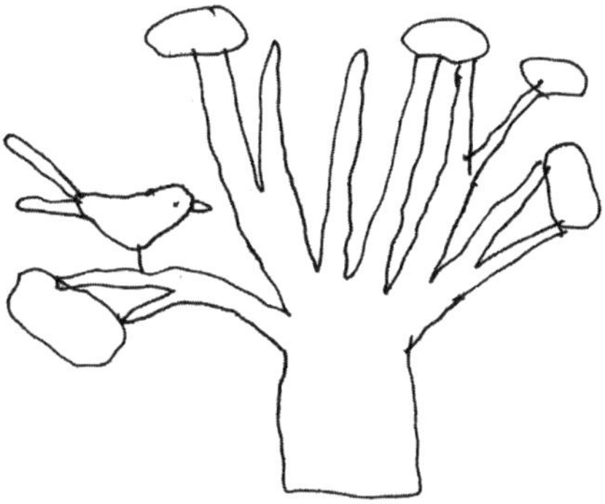

모란이 피기까지는

〈김 영랑〉

모란이 피기까지는
나는 아직 나의 봄을 기둘리고 있을 테요
모란이 뚝뚝 떨어져 버린 날
나는 비로소 봄을 여읜 설움에 잠길 테요
오월 어느 날 그 하루 무덥던 날
떨어져 누운 꽃잎마저 시들어 버리고는
천지에 모란은 자취도 없어지고
뻗쳐 오르던 내 보람 서운케 무너졌느니
모란이 지고 말면 그뿐 내 한 해는 다 가고 말아
삼백 예순 날 하냥 섭섭해 우옵네다
모란이 피기까지는
나는 아직 기둘리고 있을 테요 찬란한 슬픔의 봄을

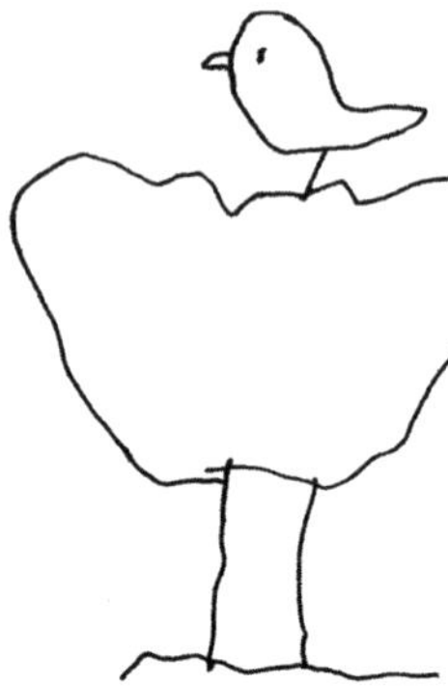

물로 그린 그림

〈유재영〉

누가 나에게 우리나라 가을을
실제 크기로 그리라고 한다면
나는 항아리에 물을 붓고 기다리겠습니다
저 맑고 푸른 하늘이 다 내려와
잠길 때까지,

夢魂 몽혼

<이옥봉>

요사이 우리 님은 어찌 지낼까
달 밝은 창가에 님 생각 한이 깊네
님 찾는 꿈속 넋이 자취를 남긴다면
님의 집 앞 돌길은 모래가 되었으리

남대문 국수집에서

〈조 승래〉

남대문시장 계단 틈새
그 국수집은
줄 선 손님들이 더 많다
구부린 허리로
40년을 하루같이
고명으로 올릴 부추를
한 올 한 올 시집갈 딸
머리 빗기듯 깨끗이 다듬는데
땅에서 나온 풀 하나에도
쏟는 정성 저러하고
바구니에 쌓여 넘치는 돈에는
푸성귀 대하듯 도통 무관심하니
돈인들 줄을 서서
그 할머니에게
얼굴 한 번 더 보이려고
애가 타지 않겠는가,

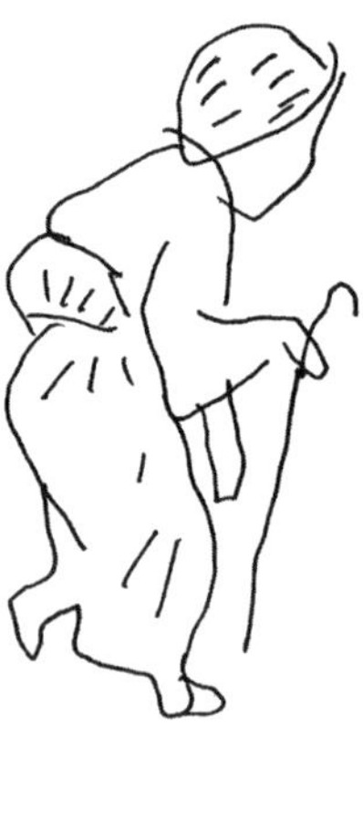

오빠 생각

〈최순애〉

뜸북 뜸북 뜸북새
논에서 울고
뻐꾹 뻐꾹 뻐꾹새
숲에서 울 때
우리 오빠 말 타고
서울 가시며
비단구두 사가지고
오신다더니

기럭 기럭 기러기
북에서 오고
귓들 귓들 귀뚜라미
슬피 울건만
서울 가신 오빠는
소식도 없고
나뭇잎만 우수수
떨어집니다

저문 강에 삽을 씻고

〈정 희성〉

흐르는 것이 물뿐이랴
우리가 저와 같아서
강변에 나가 삽을 씻으며
거기 슬픔도 퍼다 버린다
일이 끝나 저물어
스스로 깊어가는 강을 보며
쭈그려 앉아 담배나 피우고
나는 돌아갈 뿐이다
삽자루에 맡긴 한 생애가
이렇게 저물고, 저물어서
샛강바닥 썩은 물에
달이 뜨는구나

우리가 저와 같아서
흐르는 물에 삽을 씻고
먹을 것 없는 사람들의 마을로
다시 어두워 돌아가야 한다

낙화

〈조지훈〉

꽃이 지기로서니
바람을 탓하랴

주렴 밖에 성긴 별이
하나 둘 스러지고

귀촉도 울음 뒤에
머언 산이 다가서다.

촛불을 꺼야 하리
꽃이 지는데

꽃 지는 그림자
뜰에 어리어

하이얀 미닫이가
우련 붉어라.

묻혀서 사는 이의
고운 마음을

꽃이 지는 아침은
울고 싶어라.

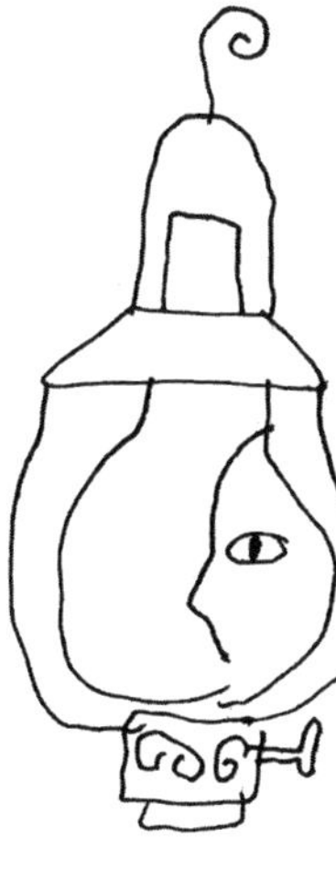

멀리서 빈다

<나태주>

어딘가 내가 모르는 곳에
보이지 않는 꽃처럼 웃고 있는
너 한 사람으로 하여 세상은
다시 한 번 눈부신 아침이 되고

어딘가 네가 모르는 곳에
보이지 않는 풀잎처럼 숨쉬고 있는
나 한 사람으로 하여 세상은
다시 한 번 고요한 저녁이 온다

가을이다, 부디 아프지 마라.

사친

〈신사임당〉

산 첩첩 내 고향 천리건마는
자나깨나 꿈속에도 돌아가고파
한송정 가에는 외로이 뜬 달
경포대 앞에는 한줄기 바람
갈매기는 모래 위로 흩어졌다 모이고
고깃배들은 바다 위로 오고 가리니
언제나 강릉길 다시 밟아
색동옷 입고 앉아 바느질할꼬

노숙

<김영재>

노숙은 거리에만 있는 것이 아니다

집 안으로 야금야금 노숙자가 들어왔다

마음이 집을 비우면 그때부터 노숙이다

문구점에서

<이주란>

아이들은 공책을 사러 온다
공책에 꽃 이름과 별 이름을 적고 싶어서

아이들은 물감을 사러 온다
하늘을 파랗게 칠하고
나비 날개를 노랗게 물들여주고 싶어서

때로 아이들은 뽑기통 앞에 선다
번번이 꽝인 줄 알면서도
다음 날 또 뽑기통에 매달린다
희망을 뽑고 싶어서

아이들에겐 갖가지 색연필로 가득한 필통 같은
무지개 색깔로 가득한 물감통 같은
희망의 스프링이 달린 공책 같은

그 문구점에
나도 사러 간다, 지우개를
잘못 살아온 삶을 지우고 싶어서

단풍물

<이우걸>

가을에는 다 말라버린 우리네 가슴들도
생활을 눈감고 부는 바람에 흔들리며
누구나 안 보일 만치는 단풍물이 드는 갑더라.

소리로도 정이 드는 산 개울가에 내려
낮달 쉬엄쉬엄 말없이 흘러 보내는
우리 맘 젖은 물 속에 단풍물이 드는 갑더라.

빗질한 하늘을 이고 새로 맑은 뜰에 서보면
감처럼 감빛이 되고 사과처럼 사과로 익는
우리 맘 능수버들에 단풍물이 드는 갑더라.

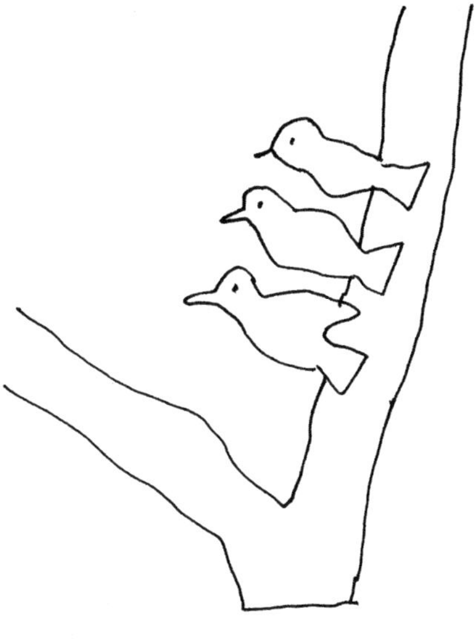

제발 개구리처럼 앉지 말고
여왕처럼 앉아라

필리핀 어느 대학 여자화장실 벽에 쓰인 낙서
<드니스 두해멜>

잘 가꾸는 것을 잊지 마라.
멋부리는 것을 잊지 마라.
세상은 여드름투성이 여자애에게 아무것도 주지 않는다.
개구리처럼 앉지 말고 여왕처럼 앉아라.
(……)
입에서 박하향이 나게 하고 이빨은 늘 희고 깨끗하게.
열 개의 진주처럼 빛나게 손톱을 칠해라.
(……)
갈망에 무릎 꿇지 말고 늘 날씬해야 뽐내며
춤출 때 치맛자락을 들어올릴 수 있지.

개구리처럼 앉지 말고 여왕처럼 앉아라.
(……)
교수와 결혼하지 말고 학장과 해라.
박작과 결혼하지 말고 왕과 해라.

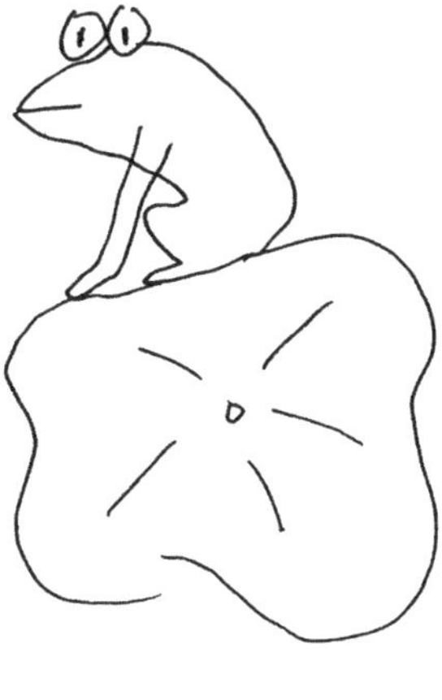

자본주의 불온한 시각으로

-밥 시편54

<이제인>

밤새 수많은 별들의 그리움이며
이별이며 눈물이며 그리고 외로움이며
감쪽같이 집어삼키고는
언제 그랬느냐는 듯이 멀쩡한 얼굴로
이제 해 아래 있는 모든 목숨들의,
나의 숨소리를 노리고 있다
우당탕 오고가는 욕망의 발자국 소리
아슬아슬 이어 가는 꿈의 넋들,
호시탐탐 노리고 있는 저 늙지도
낡아 가지도 않는 식욕, 성욕, 수면욕……
어느새 텅 빈 열흘 굶은 얼굴을 하고

다시 침을 질질 흘리고 있는 저 멈출 줄 모르는
탐욕의 혓바닥을 보아라
빈 비닐봉지처럼 아 입 벌리고 있는
부풀어 오를 줄만 아는
오늘 자본주의의 저 터져 오르는
뱃고래 좀 보아라

그 봄비

<박용래>

오는 봄비는 겨우내 묻혔던 김칫독 자리에
모여 운다
오는 봄비는 헛간에 엮어 단 시래기 줄에
모여 운다
하루를 섭섭히 버들눈처럼 모여 서서 우는
봄비여
모스러진 돌절구 바닥에도 고여 넘치는
이 비천함이여

은어

<권달웅>

나 여기 떠나 태어난 곳으로 돌아간다면
청량산 육육봉 끌어안고
굽이굽이 돌아나가는 낙동강 상류 물 되리.
어머니 쪽진 비녀만 한 은어가 되리.
하얀 외씨버선만 한 은어가 되리.

나 여기 떠나 자라난 곳으로 돌아간다면
달밤에 올 고운 안동포 짜는 어머니 바디 소리 만나리.
저 아득한 바다로 항해하는 수만 척의 배처럼
힘차게 물살을 가르며 거슬러 올라가
가슴을 비추던 반짝이는 물 만나리.
꿈처럼 이슬 머금고 핀 들꽃 만나리.

나 여기 떠나 다시 살 곳으로 돌아간다면
원앙이 새끼 쳐나가는 저 먼 비나리 지나
명경처럼 맑은 명호천 지나
더 이상 올라갈 수 없는 곳까지 거슬러 올라가
내 혈관이 가을 물처럼 맑아지도록
강바닥 속 은모래 환히 비치는 청정한 마음으로 살리.
은어처럼 수박 향기 나는 사람으로 살리,

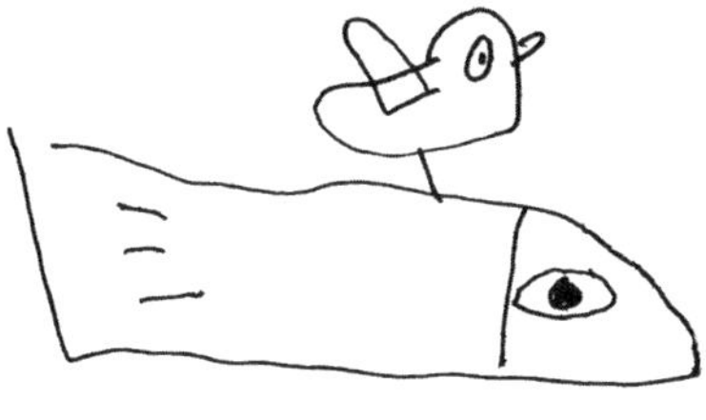

낙과(落果)

<조 예린>

당신을 위해 단물 들고 싶었습니다
원망이라니요 나의 노래가
익지 못한 탓입니다
남은 노래를 거름으로 붓습니다
잘 썩어서
열매의 배경이 되겠습니다
단맛의 감사가 되겠습니다

화요일에서 에스파냐까지

<황려시>

분리수거일은 화요일이지

기타줄이 시시해질 때가 있어
하나도 쓸모없는
여섯 줄 다 필요한 것도 같은
기타 등등 기타 말이야

파지 옆 음식물 쓰레기, 거기
계집애 같은 히피는 힘을 반쯤 들고
울림통의 바람을 쏟아내고 있어

신경이 마비되었어요, 손목이
공명판을 울리던 진료실의 음표들

빠랍을 뻐리는 기타를 뻐리고
낡은 흥컨은 음악을 뻐리고

튜닝하던 화요일은 에스파냐로 갈까
아니, 분리수거일이지 화요일은

내가 이렇게 외면하고

<백석>

내가 이렇게 외면하고 거리를 걸어가는 것은 잠풍
날씨가 너무나 좋은 탓이고
가난한 동무가 새 구두를 신고 지나간 탓이고 언제나
꼭같은 넥타이를 매고 고운 사람을 사랑하는 탓이다

내가 이렇게 외면하고 거리를 걸어가는 것은 또
내 많지 못한 월급이 얼마나 고마운 탓이고
이렇게 젊은 나이로 코밑 수염도 길러보는 탓이고 그리고
어늬 가난한 집 부엌으로 달재 생선을 진장에 꼿꼿이
지진 것은 맛도 있다는 말이 자꾸 들려오는 탓이다

인연(因緣)

〈김윤제〉

나루터 내려서면
또 저만치 오는 길손

천만번 다닌 뱃길
흔적조차 희미한데

표정 없는 늙은 사공
무얼 그리 서두는지.

〈히로시마〉라고 말할 때

〈구리하라 사다코〉

〈히로시마〉라고 말하면 〈진주만〉
〈히로시마〉라고 말하면 〈난징 학살〉
(……)
〈히로시마〉라고 말하면 피와 불꽃의 메아리가
돌아온다…
따뜻한 대답이
돌아오려면
우리는
우리의 더러운 손을
씻어야 한다

少年行 소년행

〈조영서〉

우물 속을 들여다보았습니다 하염없이, 내 눈가에
잔주름이 출렁거렸습니다 참 부끄러웠습니다
나이 많은 하늘이 너무너무 맑았기 때문이었습니다
궂은 바람이 뜬구름을 밀어내었습니다 햇빛이
찰랑찰랑 깊었습니다
나는
아무 일도
없었습니다

청포도

<이육사>

내 고장 칠월은
청포도가 익어 가는 시절

이 마을 전설이 주저리 주저리 열리고
먼 데 하늘이 꿈꾸며 알알이 들어와 박혀

하늘 밑 푸른 바다가 가슴을 열고
흰 돛 단 배가 곱게 밀려서 오면

내가 바라는 손님은 고달픈 몸으로
청포를 입고 찾아 온다고 했으니

내 그를 맞아 이 포도를 따 먹으면
두 손은 함뿍 적셔도 좋으련

아이야 우리 식탁엔 은쟁반에
하이얀 모시 수건을 마련해 두렴

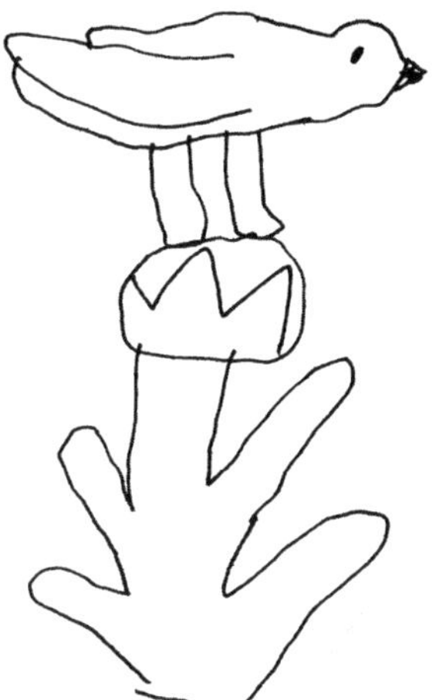

뛰어들고 싶구나

〈이유경〉

뛰어들고 싶구나 쬐끄만 풀씨 속으로
따뜻한 햇살에 몸살하며 싹트고
유월 하순께쯤엔 한두 개
풀꽃이나 피워 보리라
이쁜이 내 슬픔
그때 그대여 한 번쯤 외출해서 봐다오

혹은 하늘 저켠으로 날고 싶구나
집도 새끼도 뿌리치고 새처럼
천상과 춤에 잠겨 세상을 잊고
그대 뜨락에 가서 꽃의 노래 부르리
하면 그대 잠깨워 녹슨
철창이나 부수고 내다봤으면

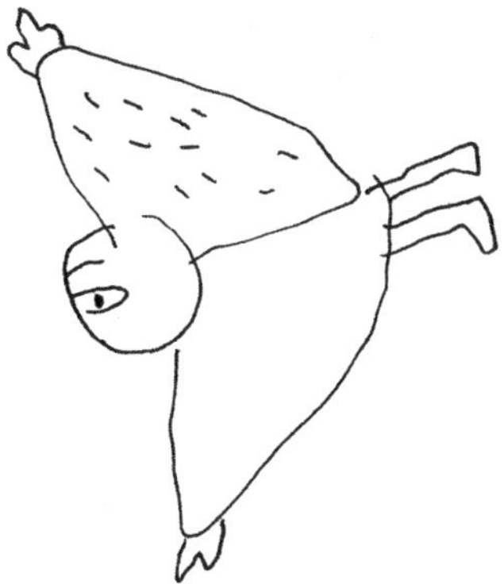

그림자의 고별

< 루쉰 >

사람이 어느 때인지도 모르게 잠에 빠져 있을 때,
그림자가 작별 인사를 하러 와서는 이런 말들을 하겠지…

나 싫어하는 것이 천국에 있다면, 나 가지 않겠소.
나 싫어하는 것이 지옥에 있다면, 나 가지 않겠소.
나 싫어하는 것이 그대들의 황금 세계에 있다면,
나 가지 않겠소.
그런데 그대가 바로 내가 싫어하는 것이오.
벗이여, 나 그대를 따르기 싫소, 나 멈추고 싶지가 않소!
나 하기 싫소!
아아, 아아, 나 하기 싫소, 아무것도 없는 곳에서
방황하느니만 못하오.
(중략)

나는 이렇게 되기를 원하오, 빛이여···
나는 홀로 멀리 떠나오, 그대가 없을 뿐만 아니라,
더 이상 다른 그림자도 없는 암흑 속으로. 오로지 나만의
암흑에 잠기어, 그리하여 세계가 완전히 나 자신에게
속하기를.

천 일 염

<윤 금 초>

가 이를까, 이를까 몰라
살도 뼈도 다 삭은 후엔

우리 손깍지 끼었던 그 바닷가
물안개 저리 피어오르는데

어느 날
절명시 쓰듯
천일염이 될까 몰라.

빨랫줄

<서정춘>

그것은, 하늘 아래
처음 본 문장의 첫 줄 같다
그것은, 하늘 아래
이쪽과 저쪽에서
길게 당겨주는
힘줄 같은 것
이 한 줄에 걸린 것은
빨래만이 아니다
봄바람이 걸리면
연분홍 치마가 휘날려도 좋고
비가 와서 걸리면
떨어질까 말까
물방울은 즐겁다

그러나, 하늘 아래
이쪽과 저쪽에서
당겨주는 힘
그 첫 줄에 걸린 것은
바람이 옷 벗는 소리
한 줄뿐이다

이것이 남자들의 세상이다

〈제임스 브라운〉의 노래

"자 봐, 남자들은 우리가 타고 다닐 자동차를 만들고
무거운 짐을 운반할 기차를 만들지.
남자들은 어둠을 밝혀줄 전깃불을 만들고
노아가 방주를 만든 것처럼 배를 만들어.
여기는 남자들의 세상, 남자들의 세상이지.
하지만 여자가 없으면 아무것도 아니야 아무 소용 없어.
황무지에서 길을 잃고 쓰라림에 헤맬 뿐."

복사골

<이 태 순>

먹구름만 스쳐가도 검정 때 묻을까 봐
날개 톡톡 털어내는 꽁지 짧은 새가 날고
연둣빛 봉긋해지는 마을일 것 같았다

얇디얇은 복사꽃 발그레한 숨소리
한 잎 두 잎 포개놓는 봄날 떨리는 봄날
안달난 생각은 벌써 마을 몇 번 다녀왔다

장지문 달빛 홀려 하르르 뱉어내린 말
행여 당도하기 전에 그 말 떠내려갈지 몰라
며칠째 눈 꼭 감아도 흰 발목이 다 젖었다

잠시, 천 년이

〈김 현〉

우리가
어느 생에서
만나고
헤어졌기에

너는
오지도 않고
이미 다녀갔나

등나무
의자에 앉아
잠시 천 년이
지난다

반달

<윤 극 영>

푸른 하늘 은하수 하얀 쪽배엔
계수나무 한 나무 토끼 한 마리
돛대도 아니 달고 삿대도 없이
가기도 잘도 간다 서쪽 나라로

은하수를 건너서 구름 나라로
구름 나라 지나서 어디로 가나
멀리서 반짝반짝 비치이는 건
샛별이 등대란다 길을 찾아라

염전에서

<김 남 규>

오늘도 서산댁은 낮은 바다 막고 선 채
뒤축의 무게로 새벽 수차를 돌린다
바람은 빈 가슴 지나면 바다를 일으키고

지친 오후 밀어내고 살풋 잠이 들자
잠귀 밝은 수평선 해류 따라 뒤척이며
뒤틀린 창고 이음새, 덴가슴도 삐걱인다

남편은 태풍 매미에 귀항하지 못했다
소금기 절은 목숨 몇 잔 술로 달랠 때
눈시울 노을로 번져 찾아드는 썰물빛

설움으로 풍화된 닻 말없이 내려두고
무명의 소금봉분, 메다 꽂힌 십자가여
가슴엔 뱃고동 소리 여윈 달이 차오른다

독작(獨酌)

<이백>

꽃 사이에 앉아
혼자 마시자니
달이 찾아와
그림자까지 셋이 됐다.
달도 그림자도
술이야 못 마셔도
그들 더불어
이 봄밤 즐기리.
내가 노래하면 달도 하늘을 서성거리고
내가 춤추면 그림자도 춘다.
이리 함께 놀다가
취하면 서로 헤어진다.
담담한 우리의 우정!

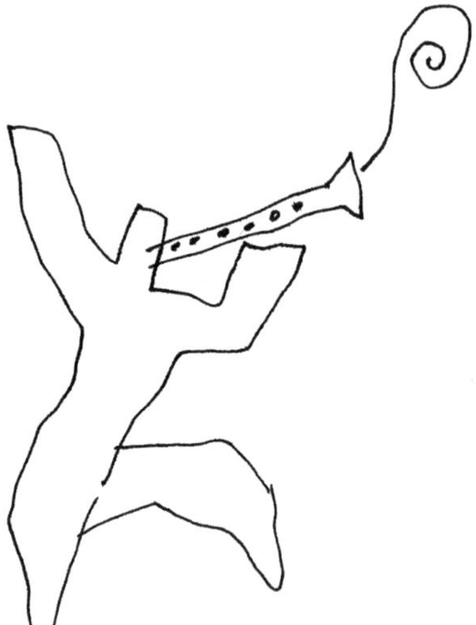

정리

〈김 원각〉

방에 가득 쌓인 책들
먼 도서관에 기증한 날
밤바람에 솔잎 소리가
글을 읽기 시작하더니
그 뒤로
별, 구름, 벌레 들이
책이 되어 주었다

그런 때 있니라

〈박선〉

살다 보면
죽을 뻔했다
죽을 것만 같았다
그런 때 있니라

지나가 보니
지나가지더라

외할머니
얼굴 설핏 보시고서
한마디

그런가
시퍼런 첫사랑과 천형의
외로움
내일 없던 병그늘까지
얼기설기 살음으로
툭툭 사연들이 늘어간다

지나와 보니
지나가지더라

그런 때 있니라

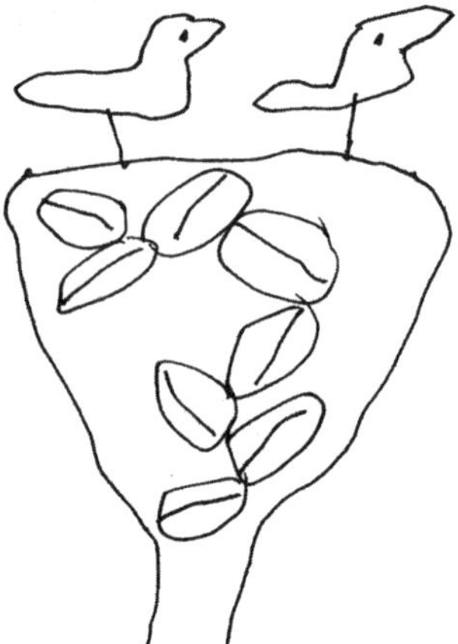

청 춘

< 사무엘 울만 >

청춘이란 인생의 어떤 한 시기가 아니라,
어떤 마음가짐을 뜻한다.
장밋빛 뺨, 앵두 같은 입술, 하늘거리는 자태가 아니라
강인한 의지, 풍부한 상상력, 불타는 열정을 말한다.
청춘이란 인생의 깊은 샘에서 솟아나는
신선한 정신이다.
청춘이란 유약함을 물리치는 용기와 안이함을 뿌리치는
모험심을 의미한다.
때로는 이십의 청년보다 육십이 된 사람이
더 청춘일 수 있다.
나이를 먹는다고 누구나 늙는 것은 아니다.
이상을 잃어버릴 때 비로소 늙는 것이다.

무릎 찬가

<윤 흔선>

매일 아침 나를 일으켜 세우는 무릎.
세상 구석구석 나를 인도하는 부지런한 무릎.

궂은 날씨 일기예보, 신통한 무릎.
상처받고 헐벗고 낮은 이들에게
섬김을 보여준 무릎.

때로는 힘겨워도 거뜬히 참아내는 무릎.
사랑하는 나의 무릎이여—
그 고마움 어디에 비할까

오늘도 무릎 꿇어 감사 기도 드립니다—
아멘—

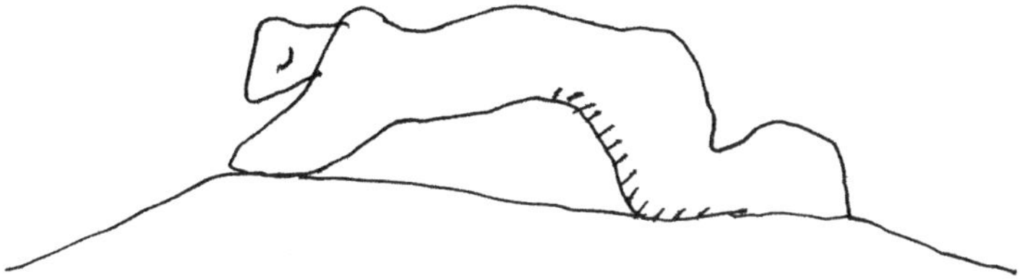

바람만이 아는 대답

<밥 딜런> 노래

사람은 얼마나 먼 길을 걸어야
비로소 사람이 될 수 있을까.
하얀 비둘기는 얼마나 넓은 바다를 날아야
모래 위에서 쉴 수 있을까.
얼마나 많은 포탄이 오가야
그것이 영원히 금지될 수 있을까.
친구여, 그 답은 불어오는 바람 속에 있다네.
답은 불어오는 바람에 있네.

얼마나 오랜 세월 서 있어야
산은 바다로 씻겨갈 수 있을까.
얼마나 오랜 시간 존재해야 누군가는
비로소 자유의 몸이 될 수 있을까.
사람은 언제까지 고개를 돌리고
못 본 척할 수 있을까.
친구여, 그 답은 불어오는 바람 속에 있다네.
답은 불어오는 바람에 있네.

얼마나 자주 하늘을 올려다봐야
사람은 진정 하늘을 볼 수 있을까.
얼마나 더 많은 세월을 살아야
그가 진정 타인의 울음소리를 들을 수 있게 될까.
(부분)

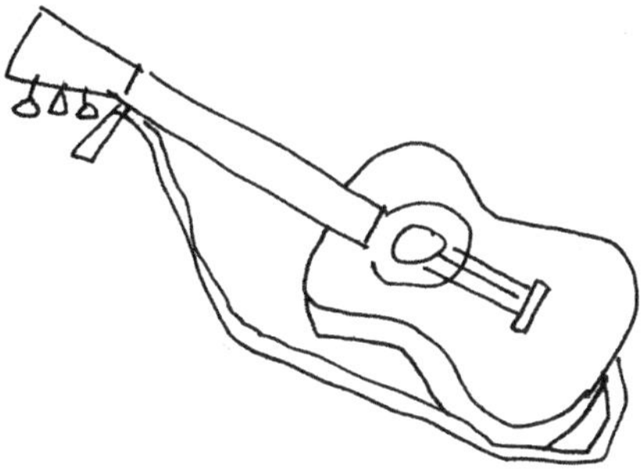

빨래줄에 걸린 가을

〈강 고 은〉

구름에 몸 씻은
산 하나
여름을 내려본다

메밀꽃 하얀 눈썹 위로
고추잠자리 맴돈다
여젓이 내려앉고

진종일 이마에
입술을 찍어대는
햇바람에

치맛말은 풀어져
너울너울
빨랫줄에 걸렸다

사슴

<노천명>

모가지가 길어서 슬픈 짐승이여
언제나 점잖은 편 말이 없구나
관이 향기로운 너는
무척 높은 족속이었나 보다
물속의 제 그림자를 들여다보고
잃었던 전설을 생각해내곤
어찌할 수 없는 향수에
슬픈 모가지를 하고 먼 데 산을 쳐다본다

낙엽국수 먹던 날

<윤 문 영>

홍대역 가는데 얼마예요?
기본요금 조금 더 나와요
왜 차를 되돌리죠?
질러가는 거예요, 금요일엔 여기 장난 아니에요
10년이면 강산도 변한다더니
변해도 한참 변해버린 홍대역 2번 출구
금강산도 식후경이라며
물어물어 찾아간 마당 넓은 국수집
여기 멸치국수 세 그릇 주세요 —
낙엽 쌓인 탁자 위에 감자전이 놓이고
먹음직스런 김치에 막걸리가 놓이고
김 모락모락 멸치국수 사발에도
앞다퉈 낙엽이 우수수 내려 앉고....

밥벌이 하느라 드리워졌던 마음속 그늘을 지우며
이 청빈한 멸치국수 사발의 고요함을 즐기는
내현, 정현, 문영이의 「酒味모」 첫 나들이
2차는 감자튀김에 쌩맥 어때요?
당근이쥐이 - 각 1000cc씩!
하하하 - 호호호 - 키키킥 -

「酒味모」 술을 맛으로 즐기는 모임

잃은 것과 얻은 것

〈헨리 워즈워스 롱펠로〉

내 이제껏 잃은 것과 얻은 것
놓친 것과 획득한 것
저울질해 보니
자랑할 게 없구나.

하 많은 세월을 헛되이 보내고
좋은 의도는 화살처럼
과녁에 못 닿거나 빗나가 버린 걸
내 알고 있으니.

그러나 누가 감히
이런 식으로 손익을 가늠하리니
패배는 승리의 다른 얼굴일지도 모른다.
썰물이 나가면 분명 밀물이 오듯이.

과꽃

〈어효선〉

올해도 과꽃이 피었습니다.
꽃밭 가득 예쁘게 피었습니다.
누나는 과꽃을 좋아했지요.
꽃이 피면 꽃밭에서 아주 살았죠

과꽃 예쁜 꽃을 들여다 보면
꽃 속에 누나 얼굴 떠오릅니다.
시집간 지 온 삼 년 소식이 없는
누나가 가을이면 더 생각나요

달빛 사용 설명서

<홍일표>

희귀종이 되어 멸종 위기에 처한 달빛은
머잖아 박물관 한 구석에 처박히거나
고서의 한 모퉁이에서 잔명을 이어갈 것이다
함부로 달빛 한 올 건드리지 마라
주의사항을 숙지하지 않으면
삽시간에 휘발할 것이다
여간해선 달빛 한 올 발굴할 수 없지만
용케 찾아낸 달빛은 쉽게 곁을 주지 않는다
달빛의 내심을 의심하는 자가 많은 것은 그 때문이다
극약 처방하듯
시인의 손도 조심스럽다
자칫 늙은 절집 처마나 비춘다고 뭇매를 맞거나
한물간 음풍농월로 오해받기 십상이다
조심하라

그대 혼자 지리산 책갈피에 숨어들어
빽빨 성성한 달빛 줄기를 읽어나가야 할 것이
어설피 달빛 대빗을 들고
섬진강 모래밭에 기척이지 마라
절필한 지 오래된 달빛은 서서히
뒤뜰 독 안에 여치 소리로 스며들러니
한 대접 정화수에 몸을 풀고 잠적할 것이니
조심하라
그대의 몸은 이미 많이 야위었다

저녁에

〈김광섭〉

저렇게 많은 중에서
별 하나가 나를 내려다본다
이렇게 많은 사람 중에서
그 별 하나를 쳐다본다

밤이 깊을수록
별은 밝음 속에 사라지고
나는 어둠 속에 사라진다

이렇게 정다운
너 하나 나 하나는
어디서 무엇이 되어
다시 만나리

절벽

〈이 상〉

꽃이보이지않는다.
꽃이향기롭다.
향기가만개한다.
나는거기 묘혈을판다.
묘혈도 보이지않는다.
보이지않는묘혈속에나는들어앉는다.
나는눕는다.
또꽃이향기롭다.
꽃이보이지않는다.
향기가만개한다.
나는잊어버리고재차거기묘혈을판다.
묘혈은보이지않는다.
보이지않는묘혈로나는 꽃을깜빡잊어버리고들어간다.
나는정말눕는다.
아아. 꽃이또향기롭다.
보이지않는꽃이 – 보이지도않는꽃이.

practice handwriting

나만의 글씨가 익혀지도록 옅은 밑 글을 따라 써 보세요.

진달래꽃

<김 소월>

나 보기가 역겨워
가실 때에는
말없이 고이 보내드리우리다

영변에 약산
진달래꽃
아름 따다 가실 길에 뿌리우리다

가시는 걸음 걸음
놓인 그 꽃을
사뿐히 즈려 밟고 가시옵소서

나 보기가 역겨워
가실 때에는
죽어도 아니 눈물 흘리우리다

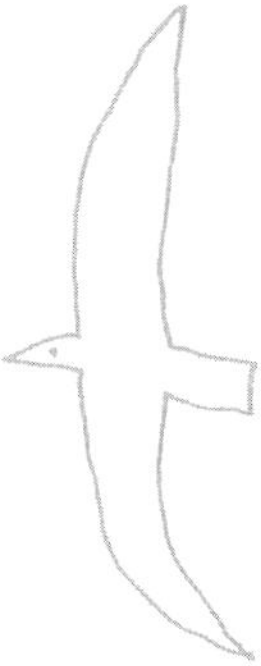

섬집 아기

<한인현>

엄마가 섬그늘에 굴 따러 가면
아기가 혼자 남아 집을 보다가
바다가 불러주는 자장 노래에
팔 베고 스르르 잠이 듭니다.

아기는 잠을 곤히 자고 있지만
갈매기 울음소리 맘이 설레어
다 못 찬 굴바구니 머리에 이고
엄마는 모랫길을 달려옵니다.

서시(序詩)

<윤동주>

죽는 날까지 하늘을 우러러
한 점 부끄럼이 없기를,
잎새에 이는 바람에도
나는 괴로워했다.
별을 노래하는 마음으로
모든 죽어가는 것을 사랑해야지
그리고 나한테 주어진 길을
걸어가야겠다.

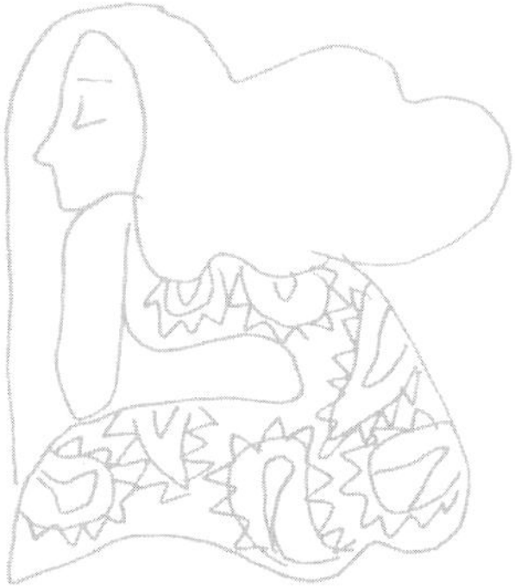

초원의 빛

<윌리엄 워즈워스>

한때 그렇게도 찬란한 빛이었건만
이제는 눈앞에서 사라져 가는
초원의 빛이여, 꽃의 영광이여
다시는 찾을 길 없을지라도
우리는 서러워하지 않고, 오히려
뒤에 남은 것에서 힘을 얻으리라.
존재의 영원함을
비로소 처음 공감하며
인간의 고뇌를
사색으로 달래어서
죽음을 꿰뚫어 보는 그 믿음 속에서
현명한 마음으로 세월을 버티리라.

향수

<정지용>

넓은 벌 동쪽 끝으로
옛이야기 지줄대는
실개천이 휘돌아 나가고,
얼룩백이 황소가
해설피 금빛 게으른
울음을 우는 곳,
— 그곳이 차마 꿈엔들 잊힐 리야.
질화로에 재가 식어지면
뷔인 밭에 밤바람 소리
말을 달리고,
엷은 졸음에 겨운 늙으신 아버지가
짚베개를 돋아 고이시는 곳,
— 그곳이 차마 꿈엔들 잊힐 리야.
흙에서 자란 내 마음
파아란 하늘 빛이 그리워

함부로 쏜 화살을 찾으려
풀섶 이슬에 함추름 휘적시던 곳,
— 그곳이 차마 꿈엔들 잊힐 리야.

전설바다에 춤추는 밤물결 같은
검은 귀밑머리 날리는 어린 누이와
아무렇지도 않고 예쁠 것도 없는
사철 발벗은 아내가
따가운 햇살을 등에 지고
이삭 줍던 곳,
—그곳이 차마 꿈엔들 잊힐 리야.

하늘에는 석근 별
알 수도 없는 모래성으로
발을 옮기고,
서리 까마귀 우지짖고
지나가는 초라한 지붕,
흐릿한 불빛에 돌아앉아
도란도란거리는 곳,
—그곳이 차마 꿈엔들 잊힐 리야.

삶이 그대를 속일지라도

< 알렉산드르 푸시킨 >

삶이 그대를 속일지라도,
슬퍼하거나 노하지 말라!
우울한 날들을 견디며 믿으라,
기쁨의 날이 오리니.
마음은 미래에 사는 것,
현재는 슬픈 것.
모든 것은 순간적인 것, 지나가는 것이니,
그리고 지나가는 것은 훗날 소중하게 되리니.

전라도 가시내

<이 용악>

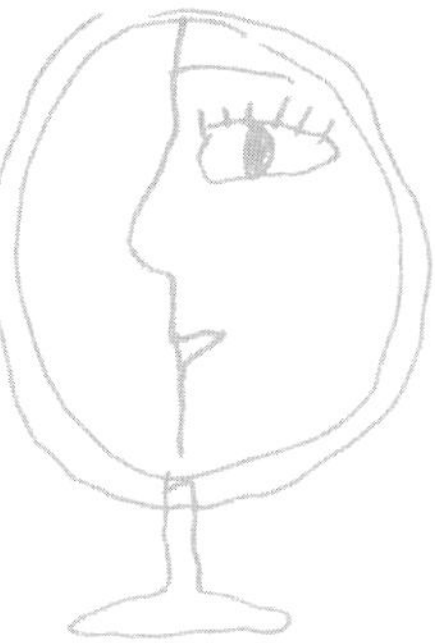

알룩조개에 입맞추며 자랐나
눈이 바다처럼 푸를뿐더러 까무스레한 네 얼굴
가시내야
나는 발을 얼구며
무쇠다리를 건너온 함경도 사내
바람소리도 호개도 인젠 무섭지 않다만
어두운 등불 밑 안개처럼 자욱한 시름을 달게
마시련다만
어디서 흉참한 기별이 뛰어들 것만 같애
두터운 벽도 이웃도 못 미더운 북간도 술막
(……)
차알삭 부서지는 파도소리에 취한 듯
때로 싸늘한 웃음이 소리 없이 새기는 보조개
가시내야
울 듯 울 듯 울지 않는 전라도 가시내야
두어 마디 너의 사투리로 때아닌 봄을 불러 줄께
손때 수줍은 분홍 댕기 휘 휘 날리며
잠깐 너의 나라로 돌아가거라 (북블)

흰 구름

<헤르만 헤세>

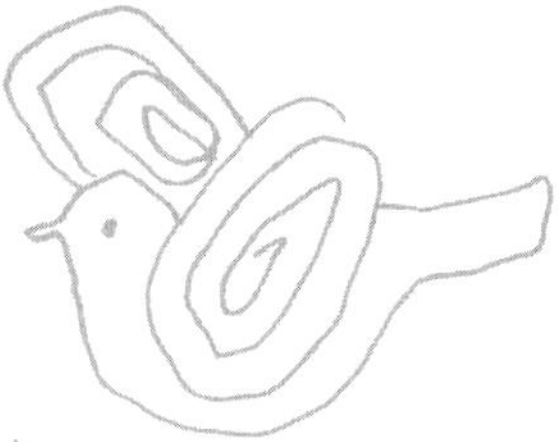

잊어버린 아름다운 노래
고요한 가락처럼
다시금 푸른 하늘 떠도는
저 흰구름 보아라!

기나긴 방랑의 길 위
온갖 슬픔과 기쁨
맛본 나그네 아니고서야
저 구름의 마음 알 수 없으리

태양과 바다와 바람 더불어
나 떠도는 저 구름 사랑하느니
그것은 고향 잃은
누나이고 천사이기 때문….

님의 침묵

<한 용 운>

님은 갔습니다.
아아 사랑하는 나의 님은 갔습니다.
푸른 산빛을 깨치고 단풍나무 숲을 향하여 난
작은 길을 걸어서 차마 떨치고 갔습니다.
황금의 꽃같이 굳고 빛나던 옛 맹세는 차디찬
티끌이 되어서 한숨의 미풍에 날아갔습니다.
날카로운 첫 키스의 추억은 나의 운명의 지침을
돌려놓고 뒷걸음쳐서 사라졌습니다.

가객의 영혼 - 김광석을 기리며

〈최동호〉

음유 시인의 노래는 진달래 산천을 떠돌고

인기를 쫓는 소리꾼은 바람을 몰아 사라지고

음유 시인의 노래는 진달래 산천을 떠돌고

세상을 버린 가객은 불멸의 노래를 사랑한다

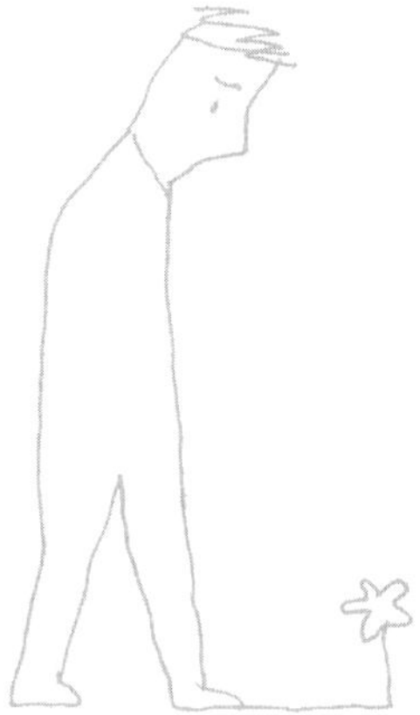

과수원길

<박화목>

동구 밖 과수원길
아카시아꽃이 활짝 폈네.

하이얀 꽃 이파리
눈송이처럼 날리네.

향긋한 꽃냄새가
실바람 타고 솔솔

둘이서 말이 없네
얼굴 마주보며 생긋

아카시아꽃 하얗게 핀
먼 옛날의 과수원 길.

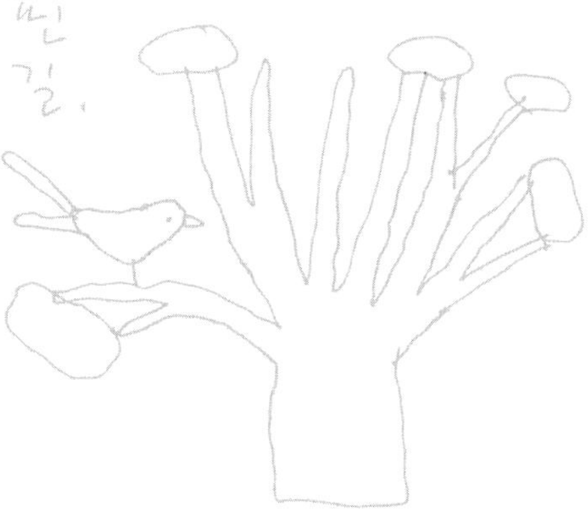

모란이 피기까지는

〈김영랑〉

모란이 피기까지는
나는 아직 나의 봄을 기둘리고 있을 테요
모란이 뚝뚝 떨어져 버린 날
나는 비로소 봄을 여읜 설움에 잠길 테요
오월 어느 날 그 하루 무덥던 날
떨어져 누운 꽃잎마저 시들어 버리고는
천지에 모란은 자취도 없어지고
뻗쳐 오르던 내 보람 서운케 무너졌느니
모란이 지고 말면 그뿐 내 한 해는 다 가고 말아
삼백 예순 날 하냥 섭섭해 우옵내다
모란이 피기까지는
나는 아직 기둘리고 있을 테요 찬란한 슬픔의 봄을

물로 그린 그림

<유 재영>

누가 나에게 우리나라 가을을
실제 크기로 그리라고 한다면
나는 항아리에 물을 붓고 기다리겠습니다
저 맑고 푸른 하늘이 다 내려와
잠길 때까지.

夢魂 몽혼

〈이옥봉〉

요사이 우리 님은 어찌 지낼까

달 밝은 창가에 님 생각 한이 깊네

님 찾는 꿈속 넋이 자취를 남긴다면

님의 집 앞 돌길은 모래가 되었으리

남대문 국숫집에서
〈조 승래〉

남대문시장 계단 틈새
그 국숫집은
줄 선 손님들이 더 많다
구부린 허리로
40년을 하루같이
고명으로 올릴 부추를
한 올 한 올 시집갈 딸
머리 빗기듯 깨끗이 다듬는데
땅에서 나온 풀 하나에도
쏟는 정성 저러하고
바구니에 쌓여 넘치는 돈에는
푸성귀 대하듯 도통 무관심하니
돈인들 줄을 서서
그 할머니에게
얼굴 한 번 더 보이려고
애가 타지 않겠는가,

오빠 생각

〈최순애〉

뜸북 뜸북 뜸북새
논에서 울고
뻐꾹 뻐꾹 뻐꾹새
숲에서 울 때
우리 오빠 말 타고
서울 가시면
비단구두 사가지고
오신다더니

기럭 기럭 기러기
북에서 오고
귓뜰 귓뜰 귀뚜라미
슬피 울건만
서울 가신 오빠는
소식도 없고
나뭇잎만 우수수
떨어집니다

저문 강에 삽을 씻고

〈정희성〉

흐르는 것이 물뿐이랴
우리가 저와 같아서
강변에 나가 삽을 씻으며
거기 슬픔도 퍼다 버린다
일이 끝나 저물어
스스로 깊어가는 강을 보며
쭈그려 앉아 담배나 피우고
나는 돌아갈 뿐이다
삽자루에 맡긴 한 생애가
이렇게 저물고, 저물어서
샛강바닥 썩은 물에
달이 뜨는구나
우리가 저와 같아서
흐르는 물에 삽을 씻고
먹을 것 없는 사람들의 마을로
다시 어두워 돌아가야 한다

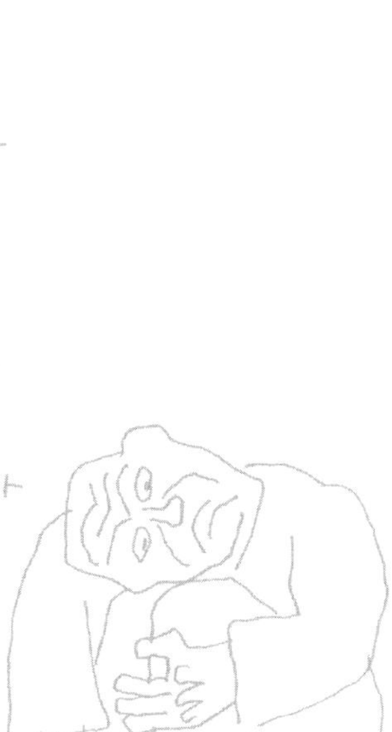

낙화

<조지훈>

꽃이 지기로서니
바람을 탓하랴

주렴 밖에 성긴 별이
하나 둘 스러지고

귀촉도 울음 뒤에
머언 산이 다가서다.

촛불을 꺼야 하리
꽃이 지는데

꽃 지는 그림자
뜰에 어리어

하이얀 미닫이가
우련 붉어라.

묻혀서 사는 이의
고운 마음을

아는 이 있을까
저어하노니

꽃이 지는 아침은
울고 싶어라.

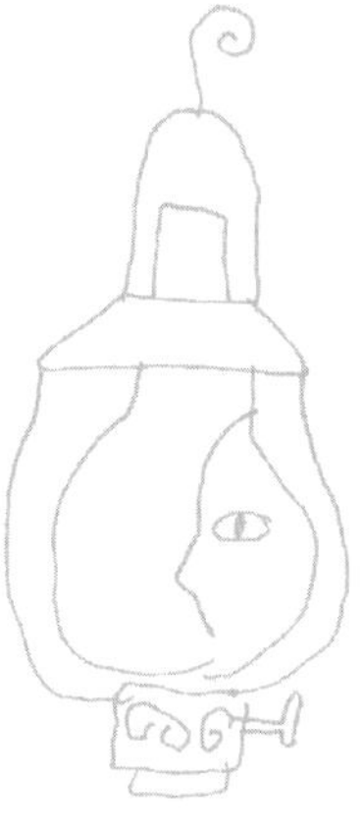

멀리서 빈다

〈나태주〉

어딘가 내가 모르는 곳에
보이지 않는 꽃처럼 웃고 있는
너 한 사람으로 하여 세상은
다시 한 번 눈부신 아침이 되고

어딘가 네가 모르는 곳에
보이지 않는 풀잎처럼 숨쉬고 있는
나 한 사람으로 하여 세상은
다시 한 번 고요한 저녁이 온다

가을이다, 부디 아프지 마라.

사친

<신사임당>

산 첩첩 내 고향 천리건마는
자나깨나 꿈속에도 돌아가고파
한송정 가에는 외로이 뜬 달
경포대 앞에는 한줄기 바람
갈매기는 모래 위로 흩어졌다 모이고
고깃배들은 바다 위로 오고 가리니
언제나 강릉길 다시 밟아
색동옷 입고 앉아 바느질할고

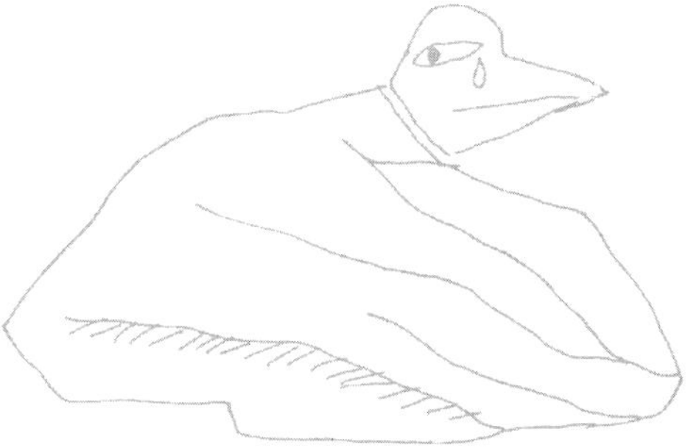

노숙
〈김영재〉

노숙은 거리에만 있는 것이 아니다

집 안으로 야금야금 노숙자가 들어왔다

마음이 집을 비우면 그때부터 노숙이다

문구점에서

<이준관>

아이들은 공책을 사러 온다
공책에 꽃 이름과 별 이름을 적고 싶어서

아이들은 물감을 사러 온다
하늘을 파랗게 칠하고
나비 날개를 노랗게 물들여 주고 싶어서

때로 아이들은 뽑기통 앞에 선다
번번이 꽝인 줄 알면서도
다음 날 또 뽑기통에 매달린다
희망을 뽑고 싶어서

아이들에겐 갖가지 색연필로 가득한 필통 같은
무지개 색깔로 가득한 물감통 같은
희망의 스프링이 달린 공책 같은

그 문구점에
나도 사러 간다, 지우개를
잘못 살아온 삶을 지우고 싶어서

단풍물

<이우걸>

가을에는 다 말라버린 우리네 가슴들도
생활을 눈감고 부는 바람에 흔들리며
누구나 안 보일 만치는 단풍물이 드는 갑더라.

소리로도 정이 드는 산 개울가에 내려
낮달 쉬엄쉬엄 말없이 흘러 보내는
우리 맘 젖은 물 속에 단풍물이 드는 갑더라.

빗질한 하늘을 이고 새로 맑은 뜰에 서보면
감처럼 감빛이 되고 사과처럼 사과로 익는
우리 맘 능수버들에 단풍물이 드는 갑더라.

제발 개구리처럼 앉지 말고 여왕처럼 앉아라

필리핀 어느 대학 여자화장실 벽에 쓰인 낙서

<드니스 두해멜>

잘 가꾸는 것을 잊지 마라.
멋부리는 것을 잊지 마라.
세상은 여드름투성이 여자아이에게 아무것도 주지 않는다.
개구리처럼 앉지 말고 여왕처럼 앉아라.
(……)
입에서 박하향이 나게 하고 이빨은 늘 희고 깨끗하게.
열 개의 진주처럼 빛나게 손톱을 칠해라.
(……)
갈망에 무릎 꿇지 말고 늘 날씬해야 뽐내며
춤출 때 치맛자락을 들어올릴 수 있지.
개구리처럼 앉지 말고 여왕처럼 앉아라.
(……)
교수와 결혼하지 말고 학장과 해라.
백작과 결혼하지 말고 왕과 해라

자본주의 불온한 시각으로

- 밥 시편 54 <이제인>

밤새 수많은 별들의 그리움이며
이별이며 눈물이며 그리고 외로움이며
감쪽같이 집어삼키고는
언제 그랬느냐는 듯이 멀쩡한 얼굴로
이제 해 아래 있는 모든 목숨들의,
나의 숨소리를 노리고 있다
우당탕 오고가는 욕망의 발자국 소리
아슬아슬 이어 가는 꿈의 넋들,
호시탐탐 노리고 있는 저 늙지도
낡아 가지도 않는 식욕, 성욕, 수면욕……
어느새 텅 빈 열흘 굶은 얼굴을 하고
다시 침을 질질 흘리고 있는 저 멈출 줄 모르는
탐욕의 혓바닥을 봐라
빈 비닐봉지처럼 아 입 벌리고 있는
부풀어 오를 줄만 아는
오늘 자본주의의 저 터져 오르는
뱃고래 좀 봐라

그 봄비

〈박용래〉

오는 봄비는 겨우내 묻혔던 김칫독 자리에
모여 운다
오는 봄비는 헛간에 엮어 단 시래기 줄에
모여 운다
하루를 섬섬히 버들눈처럼 모여 서서 우는
봄비여
모스러진 돌절구 바닥에도 고여 넘치는
이 비천함이여

은어

<권달웅>

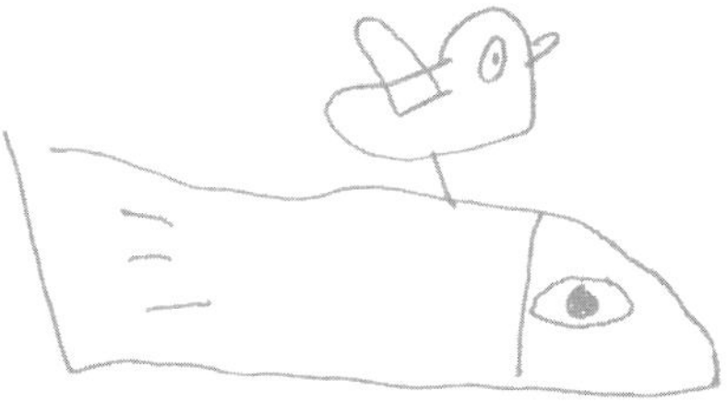

나 여기 떠나 태어난 곳으로 돌아간다면
청량산 육육봉 끌어안고
굽이굽이 돌아나가는 낙동강 상류 물 되리.
어머니 쪽진 비녀만 한 은어가 되리.
하얀 외씨버선만 한 은어가 되리.

나 여기 떠나 자라난 곳으로 돌아간다면
달밤에 올 고운 안동포 짜는 어머니 베틀 소리 만나리.
저 아득한 바다로 항해하는 수만 척의 배처럼
힘차게 물살을 가르며 거슬러 올라가
가슴을 비추던 반짝이는 물 만나리.
꿈처럼 이슬 머금고 핀 들꽃 만나리.

나 여기 떠나 다시 살 곳으로 돌아간다면
원앙이 새끼 쳐나가는 저 먼 비나리 지나
명경처럼 맑은 명호천 지나
더 이상 올라갈 수 없는 곳까지 거슬러 올라가
내 혈관이 가을 물처럼 맑아지도록
강바닥 속 은모래 환히 비치는 청정한 마음으로 살리.
은어처럼 수박 향기 나는 사람으로 살리,

낙과(落果)

<조예린>

당신을 위해 단물 들고 싶었습니다
원망이라니요 나의 노래가
익지 못한 탓입니다
남은 노래를 거름으로 묻습니다
잘 썩어서
열매의 배경이 되겠습니다
단맛의 감사가 되겠습니다

화요일에서 에스파냐까지

〈황례시〉

분리수거일은 화요일이지

기타줄이 시시해질 때가 있어
하나도 쓸모없는
여섯 줄 다 필요한 것도 같은
기타 등등 기타 말이야

파지 옆 음식물 쓰레기, 거기
계집애 같은 히피는 힘을 반쯤 들고
울림통의 바람을 쏟아내고 있어

신경이 마비되었어요, 손목이
공명판을 울리던 진료실의 음표들

바람을 버리는 기타를 버리고
낡은 흥련은 음악을 버리고

튜닝하던 화요일은 에스파냐로 갈까
아니, 분리수거일이지 화요일은

내가 이렇게 외면하고

〈 백석 〉

내가 이렇게 외면하고 거리를 걸어가는 것은 잠풍
날씨가 너무나 좋은 탓이고
가난한 동무가 새 구두를 신고 지나간 탓이고 언제나
꼭같은 넥타이를 매고 고운 사람을 사랑하는 탓이다

내가 이렇게 외면하고 거리를 걸어가는 것은 또
내 많지 못한 월급이 얼마나 고마운 탓이고
이렇게 젊은 나이로 코밑 수염도 길러보는 탓이고 그리고
어늬 가난한 집 부엌으로 달재 생선을 진장에 꼿꼿이
지진 것은 맛도 있다는 말이 자꼬 들려오는 탓이다

인연(因緣)

〈김윤제〉

나루터 내려서면
또 저만치 오는 길손

천만번 다닌 뱃길
흔적조차 희미한데

표정 없는 늙은 사공
무얼 그리 서두는지.

〈히로시마〉라고 말할 때

〈구리하라 사다코〉

〈히로시마〉라고 말하면 〈진주만〉
〈히로시마〉라고 말하면 〈난징 학살〉
(……)
〈히로시마〉라고 말하면 피와 불꽃의 메아리가
돌아온다…
따뜻한 대답이
돌아오려면
우리는
우리의 더러운 손을
씻어야 한다

少年行 소년행

〈조영서〉

우물 속을 들여다보았습니다 하염없이, 내 눈가에
잔주름이 출렁거렸습니다 참 부끄러웠습니다
나이 많은 하늘이 너무너무 맑았기 때문이었습니다
궂은 바람이 뜬구름을 밀어내었습니다 햇빛이
찰랑찰랑 길었습니다
나는
아무 일도
없었습니다

청포도

<이 육사>

내 고장 칠월은
청포도가 익어 가는 시절

이 마을 전설이 주저리 주저리 열리고
먼 데 하늘이 꿈꾸며 알알이 들어와 박혀

하늘 밑 푸른 바다가 가슴을 열고
흰 돛 단 배가 곱게 밀려서 오면

내가 바라는 손님은 고달픈 몸으로
청포를 입고 찾아 온다고 했으니

내 그를 맞아 이 포도를 따 먹으면
두 손은 함뿍 적셔도 좋으련

아이야 우리 식탁엔 은쟁반에
하이얀 모시 수건을 마련해 두렴

뛰어들고 싶구나

〈이유경〉

뛰어들고 싶구나 조그만 풀씨 속으로
따뜻한 햇살에 몸살하며 싹트고
유월 하순께쯤엔 한두 개
풀꽃이나 피워 보리라
이쁜 이 내 슬픔
그때 그대에게 한 번쯤 외출해서 보나다오

혹은 하늘 저켠으로 날고 싶구나
집도 새끼도 뿌리치고 새처럼
천상과 숲에 잠겨 세상을 잊고
그대 뜨락에 가서 꽃의 노래 부르리
하면 그대 잠깨워 녹슨
철창이나 부수고 내다보았으면

그림자의 고별

〈 루쉰 〉

사람이 어느 때인지도 모르게 잠에 빠져 있을 때,
그림자가 작별 인사를 하러 와서는 이런 말들을 하겠지…

나 싫어하는 것이 천국에 있다면, 나 가지 않겠소.
나 싫어하는 것이 지옥에 있다면, 나 가지 않겠소.
나 싫어하는 것이 그대들의 황금 세계에 있다면,
나 가지 않겠소.
그런데 그대가 바로 내가 싫어하는 것이오.
벗이여, 나 그대를 따르기 싫소, 나 멈추고 싶지가 않소!
나 하기 싫소!
아아, 아아, 나 하기 싫소, 아무것도 없는 곳에서
방황하느니만 못하오.
(중략)
나 이렇게 되기를 원하오, 벗이여…
나 홀로 멀리 떠나오, 그대가 없을 뿐만 아니라,
더 이상 다른 그림자도 없는 암흑 속으로. 오로지 나만의
암흑에 잠기어, 그리하여 세계가 완전히 나 자신에게
속하기를.

천 일 염

<윤 금 초>

가 이를까, 이를까 몰라
살도 뼈도 다 삭은 후엔

우리 손깍지 끼었던 그 바닷가
물안개 저리 피어오르는데

어느 날
절명시 쓰듯
천일염이 될까 몰라.

빨랫줄

〈서정춘〉

그것은, 하늘 아래
처음 본 문장의 첫 줄 같다
그것은, 하늘 아래
이쪽과 저쪽에서
길게 당겨주는
힘줄 같은 것
이 한 줄에 걸린 것은
빨래만이 아니다
봄바람이 걸리면
연분홍 치마가 휘날려도 좋고
비가 와서 걸리면
떨어질까 말까
물방울은 즐겁다
그러나, 하늘 아래
이쪽과 저쪽에서
당겨주는 힘
그 첫 줄에 걸린 것은
바람이 옷 벗는 소리
한 줄뿐이다

이것이 남자들의 세상이다

〈제임스 브라운〉의 노래

"자 봐, 남자들은 우리가 타고 다닐 자동차를 만들고
무거운 짐을 운반할 기차를 만들지.
남자들은 어둠을 밝혀줄 전깃불을 만들고
노아가 방주를 만든 것처럼 배를 만들어.
여기는 남자들의 세상, 남자들의 세상이지.
하지만 여자가 없으면 아무것도 아니야 아무 소용 없어.
황무지에서 길을 잃고 쓰라림에 헤맬 뿐."

복 사 골

<이 태 순>

먹구름만 스쳐가도 검정 때 묻을까 봐
날개 톡톡 털어내는 꽁지 짧은 새가 날고
연둣빛 봉긋해지는 마을일 것 같았다

얇디얇은 복사꽃 발그레한 숨소리
한 잎 두 잎 포개놓는 봄날 떨리는 봄날
안달난 생각은 벌써 마을 몇 번 다녀왔다

장지문 달빛 홀려 하르르 뱉어내린 말
행여 당도하기 전에 그 말 떠내려갈지 몰라
며칠째 눈 꼭 감아도 흰 발목이 다 젖었다

잠시, 천 년이

<김현>

우리가
어느 생에서
만나고
헤어졌기에

너는
오지도 않고
이미 다녀갔나

등나무
의자에 앉아
잠시 천 년이
지난다

반 달

<윤 극 영>

푸른 하늘 은하수 하얀 쪽배에
계수나무 한 나무 토끼 한 마리
돛대도 아니 달고 삿대도 없이
가기도 잘도 간다 서쪽 나라로

은하수를 건너서 구름 나라로
구름 나라 지나서 어디로 가나
멀리서 반짝반짝 비치이는 건
샛별이 등대란다 길을 찾아라

염전에서

<김남규>

오늘도 서산댁은 낮은 바다 막고 선 채
뒤축의 무게로 새벽 수차를 돌린다
바람은 빈 가슴 지나 먼 바다를 일으키고

지친 오후 밀어내고 살풋 잠이 들자
잠귀 밝은 수평선 해류 따라 뒤척이며
뒤틀린 창고 이음새, 덴가슴도 삐걱인다

남편은 태풍 매미에 귀항하지 못했다
소금기 절은 목숨 몇 잔 술로 달랠 때
눈시울 노을로 번져 찾아드는 썰물빛

설움으로 풍화된 닻 말없이 내려두고
무명의 소금봉분, 메다 꽂힌 십자수여
가슴엔 뱃고동 소리 야윈 달이 차오른다

독작(獨酌)

<이백>

꽃 사이에 앉아
혼자 마시자니
달이 찾아와
그림자까지 셋이 됐다.
달도 그림자도
술이야 못 마셔도
그들 더불어
이 봄밤 즐기리.
내가 노래하면 달도 하늘을 서성거리고
내가 춤추면 그림자도 춘다.
이리 함께 놀다가
취하면 서로 헤어진다.
담담한 우리의 우정!

정리

<김원각>

방에 가득 쌓인 책들
먼 도서관에 기증한 날
밤바람에 솔잎 소리가
글을 읽기 시작하더니
그 뒤로
별, 구름, 벌레 들이
책이 되어 주었다

그런 때 있니라

< 복 선 >

살다 보면
죽을 뻔했다
죽을 것만 같았다
그런 때 있니라

지나가 보니
지나가지더라

외할머니
얼굴 설핏 보시고서
한마디

그런가
시퍼런 첫사랑과 천형의
외로움
내일 없던 병그늘까지
얼기설기 삶으로
툭툭 사연들이 늘어간다

지나와 보니
지나가지더라

그런 때 있니라

청춘

< 사무엘 울만 >

청춘이란 인생의 어떤 한 시기가 아니라,
어떤 마음가짐을 뜻한다.
장밋빛 뺨, 앵두 같은 입술, 하늘거리는 자태가 아니라
강인한 의지, 풍부한 상상력, 불타는 열정을 말한다.
청춘이란 인생의 깊은 샘에서 솟아나는
신선한 정신이다.
청춘이란 유약함을 물리치는 용기와 안이함을 뿌리치는
모험심을 의미한다.
때로는 이십의 청년보다 육십이 된 사람이
더 청춘일 수 있다.
나이를 먹는다고 누구나 늙는 것은 아니다.
이상을 잃어버릴 때 비로소 늙는 것이다.

무릎 찬가

<윤 흔선>

매일 아침 나를 일으켜 세우는 무릎.
세상 구석구석 나를 인도하는 부지런한 무릎.

궂은 날씨 일기예보, 신통한 무릎.
상처받고 헐벗고 낮은 이들에게
섬김을 보여준 무릎.

때로는 힘겨워도 거뜬히 참아내는 무릎.
사랑하는 나의 무릎이여 —
그 고마움 어디에 비할까

오늘도 무릎 꿇어 감사 기도 드립니다
아멘 —

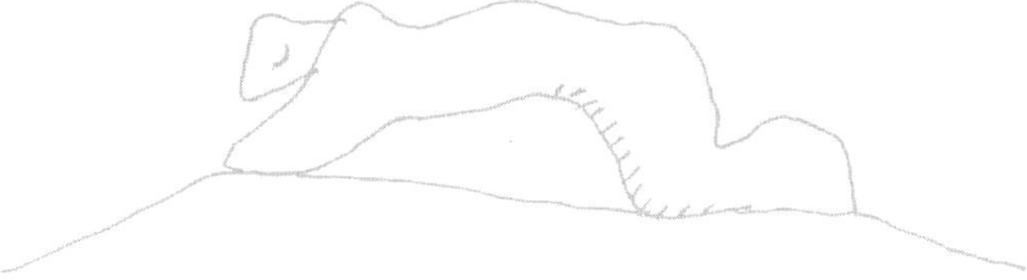

바람만이 아는 대답

<밥 딜런> 노래

사람은 얼마나 먼 길을 걸어야
비로소 사람이 될 수 있을까.
하얀 비둘기는 얼마나 넓은 바다를 날아야
모래 위에서 쉴 수 있을까.
얼마나 많은 포탄이 오가야
그것이 영원히 금지될 수 있을까.
친구여, 그 답은 불어오는 바람 속에 있다네.
답은 불어오는 바람에 있네.

얼마나 오랜 세월 서 있어야
산은 바다로 씻겨갈 수 있을까.
얼마나 오랜 시간 존재해야 누군가는
비로소 자유의 몸이 될 수 있을까.
사람은 언제까지 고개를 돌리고
못 본 척할 수 있을까.
친구여, 그 답은 불어오는 바람 속에 있다네.
답은 불어오는 바람에 있네.

얼마나 자주 하늘을 올려다봐야
사람은 진정 하늘을 볼 수 있을까.
얼마나 더 많은 세월을 살아야
그가 진정 타인의 울음소리를 들을 수 있게 될까.
(부분)

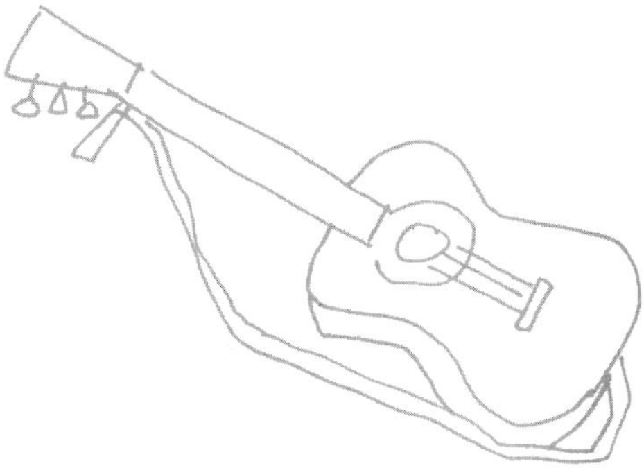